요코씨의 "말"

후후훗

사노 요코
기타무라 유카 그림
김수현 옮김

요코 씨의 "말" ④
후후훗

민음사

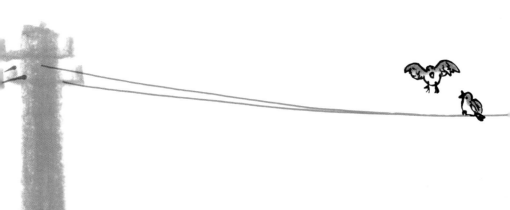

나의 목욕 전쟁

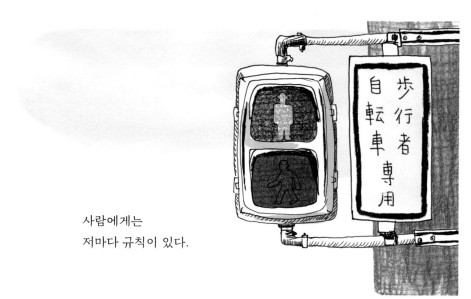

사람에게는
저마다 규칙이 있다.

★ 자전거, 보행자 전용

그런 각자의 규칙을 서로가
규칙으로서 받아들일 수 있다면
그 사람은 인격자다.

사람은 걸핏하면 자기 규칙에
다른 사람을 끌어들이려고 한다.

대단한 이야기를 하려는 게 아니다.
목욕 이야기다.

아들이 목욕을 싫어해서
나는 몹시 고생했다.

아장아장 걸음마를 시작할 무렵,
붙잡으러 가면
목욕 시키려는 걸
눈치채고
도망을 쳤다.

그래도 그 무렵에는
옆구리에 끼워 버리면
만사 해결이었다.

그런데
초등학교 5학년쯤 되자
단호히 목욕을 하지 않게 되었다.

목욕만
하지 않는 게 아니다.
세수도 안 하고
이도 닦지 않았다.

머리라도 빗겨 주려고
손만 높이 올려도
미친 듯이 화를 냈다.

"아침에 일어나면
세수하고 이 닦고 해야
사람이지.
고양이도 아니고."

"왜요?"
"왜냐니."
나는 말을 잃었다.
왜냐니 무슨 그런 당연한 걸.
"더럽잖아."

"더러워서 곤란한 건 나잖아요."

"어쨌든 사람 사는 예의야.
대체 왜 일어나서 세수하기를
그렇게 질색하는데?"

"그야 계속 그랬다가는
습관이 되어 버리잖아요."

나는 어마어마한 절망감과
불안 속에 빠졌다.
내 걱정은 깊었다.

그래도 다람쥐 쳇바퀴 돌리듯
"세수 했니?"
"이 닦아라."
하고 불경 외듯 되풀이했다.

그런데 중학교에 들어가자마자
아들은 지각을 하는 한이 있어도 아침에
머리를 감게 되었다.

이렇게 되자 나는 욕실 앞에서,
"얼른, 7분밖에 안 남았어."
하고 발을 동동 구르고
두 손을 틀어쥐고
고함을 지르게 되었다.

중학생 주제에
브랜드에 신경을 쓰더니
학교를 조퇴하고
바겐세일을 찾아가기도 했다.

나는 매일 눈물을 짰다.
내 지갑에서
돈을 빼 가니 말이다.

고등학교를 마칠 무렵
여자 친구가 생겼다.

씌었던 게 뚝
떨어져 나간 것처럼
그저 평범한 사람이 되어

"어머니, 죄송한데
돈 좀 빌려주세요."
하고 정상적으로 굴었다.

그 길었던 목욕 전쟁은
대체 무엇이었을까.
대체 자식 키우기란
무엇이었을까.

목욕처럼 눈에 보이는 것 말고도
유형무형의 것과 긴 전쟁을 해 왔는데
다 키워 놓고 돌아보니
자식은 자식의 규칙에 맞춰 살더라.

내가 위를 아파하거나,
몸을 뒤틀며
울 필요가
있었던 걸까.

배짱 있게
너그러이 웃어 넘겼더라도
자식은 자식의 규칙을
찾아가지
않았을까.

이제는 다 끝난 일이다.

후후훗

부부싸움
이라는 것을
곧잘 한다,
차 안에서.

길을 헤매고 있네?
하면 헤매는 남편은
웃는 표정이었던 적이
없었다.

오랫동안
나는 내 성격이 나쁜 탓에
상대가 무능하고 굼뜨고
고집이 세다고 생각하는 거겠지, 하고
반성까지 했다.

하지만 살면서 본 적도 없는
논마지기 한가운데에서는
욱하지 않을 수 없었다.

"아까 길에 있던 전신주에
사쿠라가오카 4초메라고
써 붙어 있었어."

★ 사쿠라가오카 4초메 / 교통안전

"아냐, 지도에 따르면
여기가 조후역 앞이야."

"당신 눈이 없어?
여기가 역 앞이라고?
역이 감자 밭인가 봐?"

"입 다물어,
　불평을 하려면 지도에 대고 해."

"그러니까 아까 주유소 들렀을 때
물어보면 좋았잖아."

"그럼 직접 운전하든가."
"못 할 게 있나."

나는 누구고 할 것 없이 가리지 않고
계속 차를 세워 가며
길을 물었다.

그리고 어렵지 않게
목적지에 도착했다.

상대방은 꿍해서
말 한마디 않는 일이
곧잘 있었다.

스무 살 아들과 아들의
여자 친구에게 물었다.
젊은 사람들은 다르려나
생각한 것이다.

"얘, 길 잃어버리면
남들에게 물어보든?"

"전혀요,
옆에서는 속이 타들어 가는데도
절대 안 물어봐요.
그럴 땐 남들에게 물어보는 편이
빠르지 않나요?"

"넌 왜 안 물어보니?"
"싫잖아요.""왜.""싫으니까."
"그러니까 왜 싫어하냐고."
"내 힘으로 극복하고 싶단 말이에요."

"그럴 만힌
큰일도
아닌 것 같은데."

"하지만 지도랑 바른 길이
딱 맞아 떨어졌을 때
기분이 얼마나 좋다고. 게다가 나
길 헤매는 걸 싫어하지도 않고."

"그게 뭐야.
딴에 남자의 체면?"

아들은 잠시 침묵에 잠겼다가,
"그것도 있지."
하고 조금 쑥스러운 듯이 웃었다.

"남자의 프라이드가
왜 그런 하찮은 데에서 튀어나와.
더 중요한 상황에서
발휘해야지. 안 그러니?"
나는 스무 살 여자애에게 동의를 구했다.

아들은 "후후훗."
하고 기분 나쁘게 웃었다.
'알고는 있지만
싫단 말이야. 난 아마 죽어도
안 물어볼걸.' 하고.

그 "후후훗"은
고집을 누름돌 삼아
끄떡도 하지 않을 것 같았다.

★ 후후훗

남자는 지도라는 관념이라고 할까
추상화된 세계에
현실을 가져가고 싶은가 보다.
그게 딱 맞아 떨어질 거라고 믿나 보다.

관념과 현실이 맞지 않으면
미친 듯이 난폭해지든가
꿍하니 말이 없어지고.

여자는 오로지 현실이다.
믿는 것은
이곳은 이곳이다
라는 인식이며,

그 역시 아무리 해도
끄떡도 하지 않는다.
여자라고 못 웃을까.
"후후훗.
닥치는 대로 물어봐 주지.
지금 저기 걸어가는 사람한테."

★ 후후훗

기껏해야
쓰레기 봉지

나도 지긋지긋해서
하기 싫어.
쓰레기 내놓는 일처럼
사소한 얘기.

밥그릇을 씻고 안 씻고 같은
하찮은 얘기.
하지만 사소한 일을
거듭하는 걸 생활이라고 해.

누군가가 생활을 유지하지 않으면
세상은 망가지고 말아.
망가져서 우는 건
여자가 아니야, 남자야.

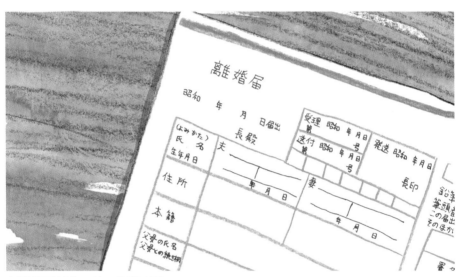

★ 이혼 신고서 / 쇼와 ○○년 ○○일 제출 / 수리 ……

그래서 난
쓰레기 봉지랑 같이
남자를 내다 버리고 말았어.

사실은 그런
무자비한 마귀할멈 같은 짓
하고 싶지 않았어.

쓰레기 남자는
십수 년 동안
매일 아침 쓰레기 좀 내놓으라고 말하지 않으면
쓰레기를 내놓지 않았어.

뭐든 말만 하면 엄마가
심부름 시킨 아이처럼
얌전히 따라.

하지만 그때뿐이야,
몸에 배지를 않아.

가끔 참다 참다
내가 닳아 떨어진 걸레처럼
난리를 피우면

아무것도 모른다는 얼굴로
"요코, 집안일 싫어해?"
라고 했어.

좋아, 내가
말을 못 할까 봐?
집안일 따위
진짜 질색이야.

1년이나 3년, 5년은 좋을 수 있어,
가끔 생각나서 하는 거면
재미있을 수 있지,

손님이 왔을 때만 요리하고
청소하고 꽃을 장식하면 되는 거라면
기운이 넘쳐서 할 거야.

기분전환 겸 하는 거라면
아무 불만 없어.

이참에 말해볼까,
일이야
누가 하든 아무 곤란할 것 없어.
대신할 사람은 늘 있는 법이야.

자동차 운전수든
사장이든
금방 대신해 줄 누군가가
나타날 거야.
누가 죽거나 하지 않아.

하지만 엄마가
파업을 하면
자식은 굶어 죽어.

밥그릇을 씻지 않으면
영원히 같은 자리에서
먼지를 쓰고
움직이지 않아.

나도
내가 하는 일이 시시하다는 거
다 알아.
우쭐거릴 거라곤 없어.

그러니까 일이랍시고
뻐기지 않아.
뻐기기까지 할 만한 일
세상에 그렇게 없어.

적어도 엄마를 내보내
일까지 시키는 남자라면
쓰레기 내놓기 정도는
시키지 않아도 해야 해.

아플 때 정도는 아무 걱정 없이
푹 쉬게 해 줘야 해.

일상이 무사히 돌아가고 있는 건
자동으로 그렇게 되고 있는 게 아니야.
누군가가 그렇게 만들고 있는 거야.

정말 이런 속 좁은 얘기 하기 싫어.
게다가 나랑은 이제 상관없는 일이고.
하지만 해야겠어.

생활을 지탱하고 있는 여자가 아플 때도
밥 한 끼 차려 내지 않는 남자에게

투덜투덜 메탄가스 같은
불만과 원망, 미움을 가지고 살아가는 걸
그냥 놔두면 안 돼.

남자들은
여자보다 훨씬 선하니까
당장은 아내의 기분이 좋으면
아무런 문제도 없어.

아내의 기분을 좋게 만드는 건
쉬운 일이야.

땅에 떨어진 쓰레기는
누가 치우지 않으면
백만 년이고
같은 곳에 있을 수 있다는 것,
그것만 알면 돼.

하찮지만 중요한 일이야.

2005년 여름

나는 한류 드라마에
홀라당 빠져들고 말았다.

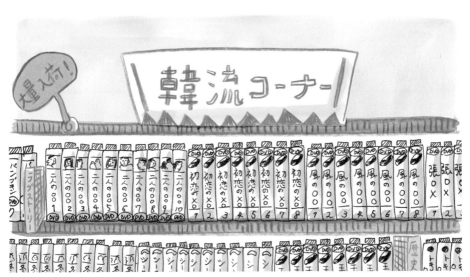

★ 대량 입하 / 한류 코너

명품에 홀린 적도 없고
미식을 추구한 적도 없고
여행도 귀찮아하고
남자 놀음을 한 적도 없었다.

영화도 비디오 대여점에서
빌려서 봤다.

★ 지금이라면 매월 4회 포인트 10배 데이 개최 중 ○○회원 카드 / 포인트로 겟하자 / 할인 쿠폰 / 반납 BOX

하지만 「겨울연가」 DVD를
집에 들이고
욘사마가 우리 집에 있다는 사실에
안정을 느끼고는
차례차례 박스 단위로
사들이기 시작했다.

★ 겨울연가(번안 제목: 겨울 소나타) / '팬이 고른' 한국 드라마 베스트 10(원빈, 이병헌, 배용준)……

내 주위에는 오페라에 가자거나
노가쿠*를 보러 가자고 하는
여자들뿐이다.

★ 일본의 전통적인 가면 악극

누군가와 한류 드라마로 수다를 떨고 싶은데
하, 하, 하, 웃어넘기기만 하다 보니
쓸쓸했지만
그래도 행복했다.

작년에 정년을 맞이한 친한 편집자가 있다.
성실하고 딱딱한 인상에
교양 있고 까다로운 이 였는데
한류에 빠졌다.

그녀는 욘사마의 뒷모습을
좋아했다.

나는 이병헌이 입을 열 때
입술 왼쪽 끝이
길게 쭉 끌려 올라가는 순간을
좋아했다.

그러다가 어느 날
중국인 탕탕 씨가
한국에 가지 않겠느냐고
물어왔다.
「겨울연가」에 나온
눈 내린 가로수길에는
어린잎이 빛나고 있었다.

일본 아줌마들이 가득했다.

선전에 놀아나거나
대단하다는 평론가에게
선동된 게 아니라

★ 겨울연가 촬영지 / 직진

아줌마들은 스스로 발견해서
땅속 마그마처럼 왈칵
한류 드라마를 밀어 올렸던 것이다.

아줌마들은
쓸쓸하다.
할 일이 없다.
그리고 인생은
이미 다해 가고 있다.

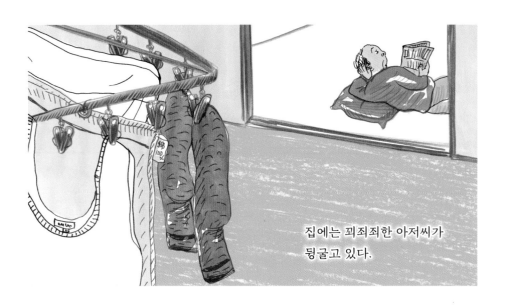

집에는 꾀죄죄한 아저씨가
뒹굴고 있다.

어중간한 애정으로, 혹은
부모가 시킨 대로 선을 봐 결혼했으나
타다 남아 채우지 못한 마음이 있을을 깨닫는다.

과거에 열렬한 사랑으로 결혼까지 했어도
열렬한 사랑이란 지속되지 않는다.

하지만 감정은
넘칠 정도로 채워지기를 원하는 법이다.
그것도 두 남자에게 목숨을 건 사랑을 받으면
어떤 기분일까.

그리고 대부분의 드라마에
섹스가 그려지지 않는다.
살짝 고개를 틀고 끌어안는 정도가
딱 좋은 것이다.

또 일본 남자들은
부끄럽다고 꺼릴 말을
아무렇지 않게
당당하게 내뱉곤 한다.

장미를 하트 모양으로 놓기도 하고,
사고를 당해 혼수상태에 빠졌는데
이름을 불러 주기도 하고.

문득 정신을 차리고
코웃음을 치게 되는 것은
이성이다.
이성은 모순을 허락하지 않지만
감성은 모순의 마그마이다.

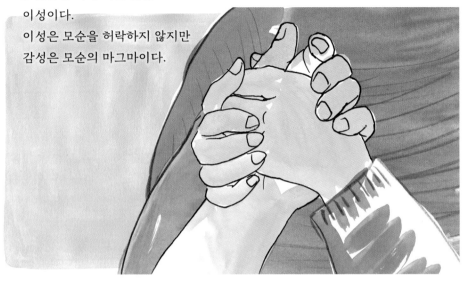

뭐든 와 봐라.
다 와라.

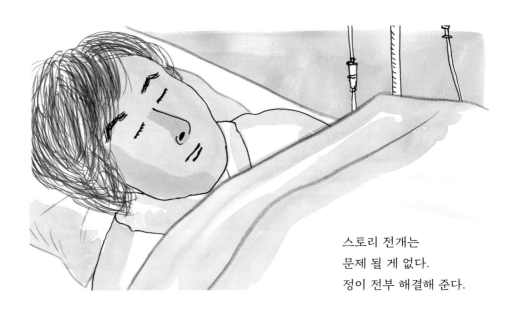

스토리 전개는
문제 될 게 없다.
정이 전부 해결해 준다.

연인들의 강한 애정,
강렬한 가족애,
친구 간의 자기희생 등등
정을 있는 대로 쏟아붓는다.

나는 아줌마다.
아줌마는 무의식적이다.

쓰이지 못한 감정의 주머니가
텅 빈 것도 깨닫지 못했다.

한류 드라마를 보고
감정의 주머니에
채워지지 못한 감정이 콸콸
쏟아져 들어왔던 것이다.

이상적인
아이 따위
한 명도 없다

초등학교 3학년 때 선생님은
열여덟 먹은 임시 여교사였다.

일본 전체가 가난했고
어느 아이의 머리에나
이가 살았다.

그중에서도 유독
이가 끓는
여자아이가 다가오면

열여덟 살 선생님은
"꺄악! 더러워!"
하고 도망을 쳤다.

당연히 우리도 서슴지 않고
"꺄악! 더러워!" 하고 도망 다녔는데

고개를 푹 숙이고
우리를 가만히 보던
그 여자애의 눈을
나는 결코
잊을 수 없었다.

초등학교 6학년 때 남자 선생님은
곧잘 남자애들을 때려눕히곤 했다.

복도에서 교사와 남자애가
맞붙어서 데굴데굴
굴러다니기도 했다.

어른이 된 후
동창회가 있었다.
삼십 줄 남자와 환갑을 맞이한 교사가
마주 앉아 술을 마셨다.

"복도에서 머리에
꿀밤을 맞았는데
그때는 얼마나 아팠는지."

교사도, 남자도 웃고
우리도 웃었다.
그렇게 때렸던 것도
지나서 보면
아무것도 아닌 걸까.
언젠가는
웃어넘기게 되는 걸까.

그런데 잠시 후 내 앞에
다른 남자가 와서 말했다.

"나는 저 자식
평생 용서 못 해.
툭 하면
애들 패기나 하고."

그가 딱히 교사에게
눈엣가시였다고는
생각하지 않았다.
모두 비슷한 수준이었다.

그는 자수성가해서
건축 회사의 사장님이었다.

"나는 저 자식에게 얻어맞았기 때문에
절대로 회사의 젊은 애들에게 손댄 적이 없어.

반드시 사정을 들어 보려고 해.
어떤 녀석에게든 사정이 있는 법이야.
폭력을 휘둘러서
좋을 건 아무것도 없어.”

같은 행위도 받아들이는 사람에 따라
완전히 다른 의미를 가진다.
마음에 담아 두어
자기 자신을 만드는 사람도 있거니와
잊어버림으로써
계속 살아가는 사람도 있다.

우리는 교사가
키워 낸 것이 아니다.

스스로 살아온 것이다.
각자의 힘으로.
각자의 혼을 가지고.

"저 집 애는 비뚤어졌대.
우리 애랑 안 놀았으면 좋겠어."
라고 말하는 어머니에게

나는 "그게 어쨌다고."
라고 속으로 고함을 친다.

아무것도 변한 게 없다.
"꺄악! 더러워!"
하면서 도망 다니던 열여덟 살 교사와
똑같지 않은가.

이상적인 아이가
한 명도 없는 것처럼
이상적인 교사도 없다.
생각대로 되는 건 없다.
서로 마찬가지다.

★ 7월 15일(화) 주번 야마다 스즈키

인생의 길잡이가 될
교사를 만난다면 그건 행운이다.
하지만 만나지 못하더라도
운이 없었다고는 할 수 없다.

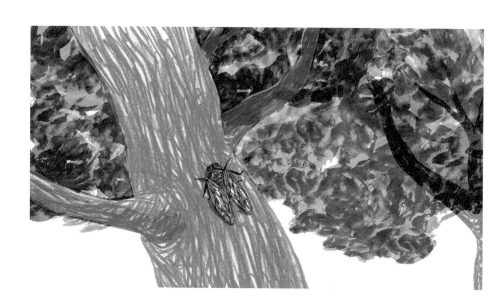

저 자식처럼 되고 싶지는 않아,
하고 마음먹게 만드는 것도
인간이기 때문이다.

각자 자기 안에
살아갈 힘을 가지고 있다.
각자 다른 혼이
삶을 이어가고 있는 것이다.

노인은
노인으로 좋다

세월을 거스르는
생물이 있을까.

★ 조몬스기(수령이 7200살로 추정되는 일본에서 가장 나이 많은 삼나무) / 높이: 25.3m / 둘레: 16.4m

노력하고 있는 건
야쿠시마의 야쿠스기★ 정도밖에
없지 않을까.

★ 야쿠스기. 야쿠시마에 자생하는 수령 천 년이 넘는 소나무

하지만 그건
노력하고 있는 게 아니라
천수를 다해 살고 있는 것이다.

하지만 언제부턴가
사람들 사이에는
세월에 거스르며 사는 게
가치 있는 분위기가 되었다.

텔레비전을 보다 보면
광고만 나오는 채널이 있다.

★ 이것만 챙겨 주면 젊음이 폭발! / 이래도냐, 콜라겐

대부분이 미용,
그것도 얼마나 나이를
덜 먹어 보이게 하는가, 하는
내용으로 이루어져 있다.

성형도 거리낌이 없어져서
귀엽다 싶은 아이들도 많이들
한다 하고

★ 줄 서기만 2시간! 디저트 최신 유행

내 옆에서
"쟤는 코를 했네."
"얘는 콜라겐을 넣었어."
하고 떠드는 성형 평론가
아줌마도 있다.

과연 다들 예쁘다.
가만히 보면 일반인 여자들도
못난 얼굴이 없어지고
다리도 점점
길어진다.

꾸미기도 세계에서 최고로
힘을 쏟고 있지
않을까.

일본은 참으로 평화롭다.

아흔이 넘은 할아버지가
죽기 살기로 설산에 오르거나,

★ 겨울 산에 도전하다

바다에 뛰어들거나
철봉을 잡고 빙글빙글 돌곤 한다.

★ 나이에 지지 않는다

그리고 나이에 지지 않는다,
라고 커다랗게 글자가 박힌다.

나는 추하다고 생각한다.
나이에 진다는 둥 이긴다는 둥
화가 치밀어 오른다.

★ 접수 / 수납

노인은
노인이면 됐지 않은가.

아주 젊어 보이는 여자를 안다.
예순이 가까운데
열 살은 젊어 보인다.

알맹이는 더 젊다.
그냥 어린 여자들이나
똑같다.

"자기, 롯폰기 힐스 가 봤어?"
"오모테산도 힐스 가 봤어?"

가 봤을 리가 있나.

그 여자에게
나이에 걸맞는 알맹이는
생김새와 마찬가지로
없었다.

나는 나이가 일흔인데
그 나름의 인생을 살아왔다.
찢어지게 가난해 봤고,
이혼도 해 봤다.

횟수는 말하지 않겠지만,
붙기는 쉬워도
떨어지기란 어렵기 짝이 없다.
쓰러질 정도로 어마어마한
에너지를 쓴다.

평생 한 순간의 빛이
인생의 영원한 반짝임일 수도 있다.
그리고 사람은 지친다.

인력(引力)은 밑에서 오기 때문에
피부는 밑을 향해
늘어지고
70년이나 매일 쓰다 보면
뼈도 아파진다.

하지만 주름이 자글자글한 자루 속에는
태어나서 살아온 나이가
전부 들어 있다.

서양은 젊음의 힘을 존중하고
동양은 나이에 따른 경험을 존경해
노인을 공경하고
아끼는 문화가 있었다.

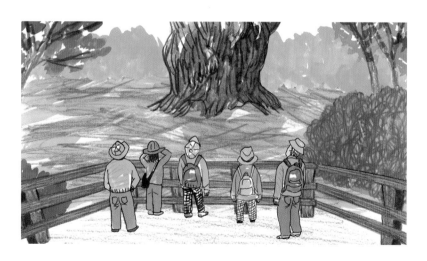

그리고 조용히 나이를 먹으며
나이의 덕을 보여 주는 견본이
늘 있어 왔다.

나는 그런 노인이 되고 싶다.

러브 이즈 더 베스트

노모토 씨는 모피 코트를 입고
숙모네 집의 작은 고타츠에
앉아 있었다.

예쁘게 기른 손톱에
빨간 매니큐어를 바른 하얀 손으로

사과에 손을 대지 않고
껍질을 깎는 방법을 가르쳐 주었다.

"자네, 애는 왜 낳은 거야?"
숙모는 이따금 놀랄 만큼 직설적이었다.

노모토 씨의 자식도
숙모 딸과 비슷한 나이였다.
숙모는 아이가 나고 10년이 넘게 지나서야
처음 그 질문을 한 모양이었다.

"그야 나는
러브 이즈 더 베스트라고
생각했으니까."

둘만 있을 때
숙모는 나에게 말했다.

"그 사람은 여학교 시절,
부잣집 아가씨였어.

아버지가 돌아가신 후부터
노모토 씨가 가족을 전부
부양해 왔지.

전쟁이 끝났을 때 열아홉이었어.
열아홉 여자가 무슨 수로 부양을 해.
어쩔 수 없었을 거야."

당시의 나도 열아홉 살이었다.
이미 길거리에서 진주군의 모습은
더 찾아볼 수 없었다.

그 뒤로 시간이
몇 년이나 흘렀다.

"노모토 씨 지금 어디 있게?"
"긴자의 바가 아닐까요?"
"아타미*. 그 사람
  여관에 취직했어."

★ 일본 시즈오카 현의 동쪽 끝에 위치한 시

취직하고 금방 책임자로 승진했대.
정치가들이 외국의 높은 사람들을
모시는 대단한 곳이야."

"어떻게 대단한 곳인지
아세요?"
"요전에 다녀왔거든,

그 사람, 정말 사랑했나봐."
"누구를요?"
"누구겠니.
 바다에 갔는데 바닷물을 만지면서,

아아, 이 바다는 미국까지
이어져 있겠지, 하는 거야."

그리고 또 다시
헤아리고 싶지도 않을 만큼
세월이 흘렀다.
나는 친구와
아타미에 놀러 와 있었다.

숙모에게 들었던,
노모토 씨가 일하는
여관이 이웃집이었다.

으리으리한 현관에서 줄무늬 기모노를 입은
노모토 씨를 나는 와락 끌어안았다.
긴 세월이 나에게 그러도록 시켰다.

노모토 씨는 로비로
커피를 가져다주었다.

"어머니가 작년에 돌아가셨거든.
이제 나는 남은 미련이라곤
아무것도 없어.

딸은 미국에서
자식을 둘 키우고 있어.
나도 이제 할머니야.

나, 행복해.
여기서 일도 할 수 있는 만큼 했고.
여기 있은 지 벌써 17년이야.

허드렛일도 못 하게 되면
연금으로 조용히 살다가
그다음엔 시설에
신세를 질 셈이야."

"노모토 씨, 나이가 어떻게 돼요?"
"어머나, 여자에게 어쩜 그런
 실례 되는 질문을. 예순넷이란다.

내가 어째서 행복한지
알겠니?
진심으로 사랑했던 사람의 자식을 낳아
키웠기 때문이야.

그 사실이 있으니
다른 건 더 필요 없어.
다른 건 있어도
방해되는 것뿐이야.

이번 여름에는
미국에 가서
딸이랑 손주들을 만나 보려고."

★ 어머니에게
　건강하신가요?
　오랜만에 인사 드려요.
　아이들도 많이 자랐답니다.
　올해는 미국에……

새가 하늘을
날고 있어도
불쌍하지는 않다

생물 중에서
고양이만큼 인간에게
딱 좋은 게
또 있을까.

크기가
정말 딱 좋다.
너무 크거나 작지 않고
들어도
너무 무겁거나 가볍지 않다.

매끄럽고
부드러운 털을 쓰다듬고 있으면
마음이 평화로워진다.

뿐만 아니라 큰 소리로 짖지 않는다.
작게 야옹 정도나 하지
걸을 때도 소리를 내지 않는다.

어디를 가도 길고양이가 있는데
조금 가엾다는 생각이 들곤 한다.

새가 하늘을 날고 있어도
불쌍하지는 않다.

고양이는 인간과
오랫동안 사이좋게
지내 온
생물이다.

★ 고양이 카페 / 11:00~19:00 / 영업시간

고양이는 개보다 바보인 건지
자기중심적인 건지

개처럼
인간에게 사랑받거나
도움이 되려는 정열을
가지지 않은 것 같다.

개는 내가 담배를 사러
나갈 때조차

지금 헤어지면 두 번 다시 못 볼 듯이
슬픈 눈이 된다.

사서 돌아오면

★ 사노 요코

남극에서 살아 돌아온 사람을
맞이하듯이 좋아한다.

남자를 처음 사귀는
인기 없는 여자 같다.

고양이는 산책을 데려가지 않아도
자기가 가고 싶으면 가고
동물 냄새도 나지 않는다.

늘 온몸을 핥아 단장해서
깔끔하다.
정말 대단하다.

고양이 한 마리가
집에 있다는 데에
감격할 때가 있다.

집은 사람이 없을 때 죽은 상태이다.
돌아가서 불을 켜고
저벅저벅 걸어 다니기 시작해야 비로소
집은 다시 살아난다.

하지만 고양이가 한 마리
그 안에서 살아 주면
생물 한 마리가 있다고 그런지
집은 계속 살아있다.

나는 고양이에 대해
아는 게 아무것도 없다.

말도 안 하고,
집에 없을 때 고양이가 밖에서
뭘 하고 다니는지 모른다.

언젠가
십에서 소금 떨어신 숲속에서

우리 고양이가
네모난 돌 위에 올라가
엄숙하세 앉아 있는 것을 보았다.

그 돌은
벚나무 아래 있었고
나무에는 꽃이 만개해 있었다.

엄숙하고
너무 태연자약해서
고양이가 벗나무의
주인처럼 보였다.
나는 감탄하는 한편
조금 비굴한 기분이 되었다.

그 뒤로
뭘 하고 있었을까.
내가 모르는 곳에서.

고양이는 모양새도
동작도 아름답다.
나는 고양이처럼 우아하게 걷는 사람을
본 적이 없고
고양이처럼 아름다운 눈동자를
가진 여자도 본 적이 없다.

그리고 고양이만큼
조용한 여자도 없다.

고양이 입장에서 보면
인간은 쿵쾅쿵쾅 소란스럽고
쓸데없이 크기만 한
생물이 아닐까.

오늘이 아니라도
좋아

아라이 씨네 집에
어른 우산보다
잎이 커다란
머위가 있다.

키가 큰 사토 군도
소인처럼 보였다.
작은 마리 짱은
깜찍한 요정 같았다.

작년 여름, 셋이서
하나씩 받아서 짊어지고 왔다.

사토 군이 거대한 머위에 푹 빠져서
"이거 좀 나눠 받을 수 없을까,
우리 집에 심고 싶은데." 하고 말하기에

"받아다 줄게."
나는 자신만만하게 말했다.

설에 마코토 씨의
아버지가 돌아가셨다.
오랫동안 건강이 나빴던 모양이다.

마코토 씨는 아버지의 목욕도
손수하고 있었다.

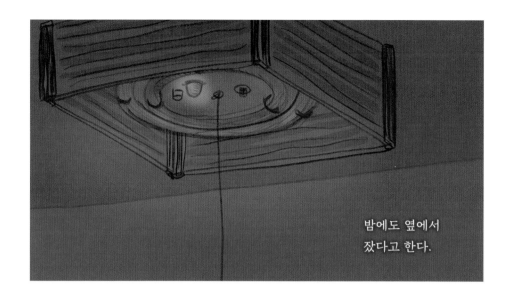

밤에도 옆에서
잤다고 한다.

"2시간 간격으로 화장실을 가셨거든.
나중에 알았는데 볼일을 보고 싶은 게 아니더라.
쓸쓸했던 거야."라고 이야기했다.

마코토 씨는
아주 훌륭하게
장례식 인사를
했다고 한다.

"저는 늘 아버지의 등을 보며
자라 왔습니다."
라고 낭독하다가
그만 울어버렸다는 모양이다.

나는 어렸을 적 아버지가
"일본의 가족 제도는 남겨 둬야 옳아."
라고 했던 것을 기억한다.

평범한 집에서 일곱째 아들로 태어나
말이나 소 이하의 취급을
받았던 아버지가 그런 말을 하는 게
신기했다.

며칠 전, 큰 장례식이 있었다.
초등학교 운동장 넓이의 광장에
차가 몇백 대나 세워져 있었다.

죽은 사람은 마코토 씨네
친척 집안의
아흔 살이 넘은 분이었다.

집안 사람들끼리
큰 건설 사업을 했는데
죽은 사람이 창업자였다고 한다.

그 죽은 할아버지는
집안 사람들에게
몹시 존경을 받았다고 한다.

마코토 씨가
"나 많은 생각이 들었어.
집안 가족들 수십 명이
엉엉 다 울고 있잖아."

"우는 흉내나
연극 하는 식으로?"
성격 나쁜 나는 말했다.

"나는 차가운 아들이었던 걸까?
 집안 사람들은
 살아 있어 주길 원했던 거야.
 나는 뭔가 마음이 놓였는데 말이지."

당연하지 않은가.
나는
양로원에 엄마를 버렸다.
버렸다고 생각하고 있다.

그러고 보면
아흔일곱 먹은 친구의 어머니가

"이제 다 살았지,
언제 저세상에 가도 좋아.
하지만 오늘이 아니라도 좋아."
라고 했던가.

언제 죽을지 모르지만
지금은 살아 있다.
살아 있는 동안은
살아가는 것 외에 다른 건 없다.

산다는 건 무엇인가.
그렇다,
내일 아라이 씨네에
거대한 머위 한 그루를
나눠 받으러 가는 것이다.

받아다가 내년에 거대한 머위가
싹이 날지 안 날지
걱정하는 것이다.

그리고 조금 커다란 머위대가
나오면 기뻐하는 것이다.

언제 죽어도 좋다.
하지만 오늘이 아니어도 좋다.
이렇게 생각하며 사는 걸까.

수록 작품의 출전

『YAKUNI TATANAI HIBI』(ASAHISHINBUNSHUPPAN)
「2005년 여름(괜찮을까, 돈도 드는데)」
『사는 게 뭐라고』(마음산책)

『OBOETE INAI』(SHINCHOSHA)
「기껏해야 쓰레기 봉지」

『HUTSUU GA ERAI』(SHINCHOSHA)
「후후훗」/「나의 목욕 전쟁」

『DEMO IINO』(KAWADESHOBOSHINSHA)
「러브 이즈 더 베스트」
『그래도 괜찮아』(북로드)

『KAMI MO HOTOKE MO ARIMASENU』(CHIKUMASHOBO)
「오늘이 아니라도 좋아」
『어쩌면 좋아』(서커스)

『MONDAI GA ARIMASU』(CHIKUMASHOBO)
「노인은 노인으로 좋다」
『문제가 있습니다』(샘터)

『WATASHI WA SOU WA OMOWANAI』(CHIKUMASHOBO)
「새가 하늘을 날고 있어도 불쌍하지는 않다」/「이상적인 아이 따위 한 명도 없다」
『아니라고 말하는 게 뭐가 어때서』(을유문화사)